MAB Y DEWIN

Y Parti Posh

Mae Meirion Posh yn gwahodd

DAI DEWIN

i'w barti pen-blwydd ddydd Sadwrn am 6 yr hwyr.

Bwyd blasus, cerddoriaeth ac adloniant yn 105 Heol Brynhyfryd

Scoular Anderson

Addasiad Wil Morus Jones

Gomer

Nodyn i athrawon: *Ar wefan Gomer mae llu o syniadau dysgu a thaflenni gwaith yn barod i chi eu llwytho i lawr a'u defnyddio yn y dosbarth.*

Cofiwch ymweld â'r safle www.gomer.co.uk

Argraffiad Cymraeg Cyntaf – 2006

ISBN 1 84323 504 8

Cyhoeddwyd gyntaf ym Mhrydain gan
A & C Black Publishers Ltd., 37 Soho Square,
Llundain W1D 3QZ
dan y teitl *The Posh Party*

ⓑ testun a'r lluniau gwreiddiol: Scoular Anderson,
2000 ©
ⓑ testun Cymraeg: ACCAC, 2006 ©

Cyhoeddwyd gyda chymorth ariannol Awdurdod
Cymwysterau Cwricwlwm ac Asesu Cymru.

Dymuna'r cyhoeddwyr gydnabod cymorth
Adrannau Cyngor Llyfrau Cymru.

*Argraffwyd gan
Wasg Gomer, Llandysul, Ceredigion SA44 4JL*

PENNOD 1

Daeth Dai Dewin, mab y dewin,
i lawr y grisiau fel roedd y post
yn cyrraedd. Fe laniodd yr amlenni
ar y mat.

Fflip! *Fflop!* *Fflip!*

Roedd yr amlen olaf yn rhy fawr i
ddod trwodd yn rhwydd.

Agorodd Dai y drws a rhoi eithaf plwc i'r amlen fawr.

Fe ddaeth hi mas, a chaeodd y blwch llythyrau'n glec.

'Hei! Ara deg! Ara deg!' gwaeddodd
y cnocar-drws.

(Tŷ dewin oedd hwn, wedi'r cyfan.)

Caeodd Dai y
drws yn glep.

Edrychodd Dai ar yr amlen fawr.
Ei gyfeiriad e oedd arni ac roedd wedi
bod yn disgwyl amdani trwy'r
wythnos. Rhuthrodd i'w hagor.

Mae Meirion Posh
yn gwahodd

DAI DEWIN

i'w barti pen-blwydd
ddydd Sadwrn
am 6 yr hwyr.
Bwyd blasus, cerddoriaeth
ac adloniant yn
105 Heol Brynhyfryd

Teimlodd Dai rhyw gyffro yn ei fol. Roedd pawb arall yn ei ddosbarth wedi cael gwahoddiad yn barod. Roedd Dai wedi dechrau meddwl ei fod e wedi cael ei anghofio.

Rhuthrodd i lawr y cyntedd.

Suddodd ei galon pan welodd gês
teithio ei fam yn y cyntedd.

Peilot awyren oedd mam Dai ac
roedd hi byth a beunydd yn gwibio
i bedwar ban y byd.

9

Yn y gegin, roedd tad Dai Dewin
newydd geisio defnyddio'i ddewiniaeth
i agor paced grawnfwyd. *'Lan â'r
caead!'* oedd y geiriau swyn i fod.

Ond yn lle hynny fe gafodd, *'Lan i'r
lleuad!'*

Dewin anobeithiol oedd tad Dai.

Nawr, roedd y Creision Ŷd Crinllyd yn hofran o gwmpas y golau ar eu ffordd i'r lleuad. Roedd tad Dai ar ben ysgol yn ceisio'u dal gyda rhidyll.

Daeth tad Dai i lawr oddi ar yr ysgol.

Y foment honno, roedd Dai'n gwybod
yn iawn mai'r peth gwaethaf allai
ddigwydd oedd i'w dad ei yrru lan i
dŷ Meirion Posh. Byddai'n marw o
gywilydd.

PENNOD 2

Cyrhaeddodd diwrnod parti Meirion Posh. Roedd Dai yn gorwedd yn ei wely yn meddwl am ffyrdd o fynd i'r parti heb ei dad.

Doedd dim dewis ganddo. Roedd yn rhaid i'w dad ei yrru yno. Efallai y byddai'n gallu perswadio'i dad i wisgo gwisg gyrrwr gyda chap pig gloyw!

'Sdim ots am ddillad Dad!' meddyliodd Dai. 'Beth am fy nghrys parti i fy hun?'

Fe neidiodd mas o'r gwely . . .

. . . fe chwiliodd
mewn drâr . . .

. . . a chael gafael
ar ei grys gorau.
Roedd e wedi
crebachu ac roedd
staen mawr arno.

Rhuthrodd i lawr y grisiau.

Roedd yn well gan ei dad wneud popeth gyda'i eiriau swyn, ond anaml iawn y byddai ei ddewiniaeth yn gweithio. Fe wnaeth Dai yn siŵr fod ei grys yn mynd i mewn i'r peiriant golchi.

Yna, rhuthrodd i'r siopau i brynu
anrheg i Meirion.

Fe benderfynodd
ar fodel o gwch.

Pan gyrhaeddodd Dai gartref roedd ei dad lan yr ysgol eto.

Fe edrychodd Dai lan a gweld ei grys gorau'n hofran o gwmpas y nenfwd. Gyda'r crys roedd dau bâr o sanau, trôns a hances boced.

Fe ddaeth tad Dai i lawr oddi ar yr ysgol.

Fe ddaeth Dai i lawr y grisiau
wedi gwisgo ar gyfer y parti.
Roedd y crys hedfanol
yn gwneud iddo
deimlo'n ysgafn.

Roedd e'n gallu gweld nad oedd ei
dad yn gallu lapio pethau'n iawn.
Roedd y parsel oedd yn dal anrheg
Meirion yn llawn lympiau. Roedd e'n
sicr ei fod yn symud wrth ei gyffwrdd.

PENNOD 3

I ffwrdd â Dai a'i dad am y parti. Fe ddaeth Pero'r ci hefyd. Dechreuodd Dai boeni beth fyddai'r teulu Posh yn ei feddwl o gar amryliw ei dad.

(Roedd ei dad un tro wedi ceisio cael gwared â baw oddi ar y sedd, ond roedd y geiriau swyn wedi newid o 'Bant â'r baw!' i 'Bont y Glaw', sef enw arall ar yr enfys!)

I wneud pethau'n waeth, fe yrrodd Dad
reit lan at ddrws 105 Heol Brynhyfryd.
Roedd pawb yn syllu. Roedd Meirion
Posh a'i fam yn sefyll wrth y drws
ffrynt. Edrychai Meirion yn smart
iawn, ac roedd ei fam yn rhythu ar dad
Dai o'i gorun i'w sawdl.

Rhoddodd Dai y parsel llawn lympiau
i Meirion.

'Un funud!' gwaeddodd mam Meirion yn swta, gan gipio'r parsel oddi arno fe.

Mae'n rhaid i hwn fynd i'r ystafell anrhegion . . .

. . . i gael ei agor gyda'r lleill ar ôl perfformiad y consuriwr pan . . .

Y foment honno, cafodd mam Meirion fraw pan deimlodd y parsel yn rhoi naid fach.

Fe gipiodd Meirion ei anrheg cyn i'w fam allu dweud dim.

Fe a' i â fe i'r ystafell anrhegion.

Roedd hi ar fin dweud rhywbeth, ond yna . . .

Hyfryd cwrdd â chi, Mr . . .

Bring-bring! Bring-bring!

Fe ruthrodd hi i mewn i'r tŷ.

Rhoddodd mam Meirion y ffôn i lawr yn glep a rhoi ei llaw ar ei phen.

Yna, er cywilydd mawr i Dai, dyma ei dad yn cynnig awgrym.

Felly, roedd rhaid i Dai helpu ei dad i gario bocsys y consuriwr i mewn i'r ystafell fyw.

Roedd Dai'n gwybod yn iawn nad oedd bod yn gonsuriwr yr un fath â bod yn ddewin. Roedd e'n gobeithio fod ei dad yn gwybod ychydig o driciau cardiau chwarae.

PENNOD 4

Fe agorodd tad Dai un o focsys
y consuriwr a thynnu ychydig
o bethau mas.

Y foment honno fe welodd Dai
rywbeth yn croesi'r cyntedd.

Rhedodd ar ôl y ci, ond roedd e wedi
diflannu'n llwyr.

Fe redodd Dai
lan y grisiau.

Fe chwiliodd ym mhob ystafell.

Fe ddaeth i lawr y grisiau eto.

Fe edrychodd yn y gegin . . .

. . . cyn rhedeg mas i'r ardd.

Yna fe ddaeth yn ôl i'r tŷ a . . .

. . . rhuthro i'r ystafell fwyta . . .

Roedd Pero wrthi'n bwyta teisen ben-blwydd ysblennydd Meirion Posh.

Galwodd Dai ar ei dad. Fe fyddai'n rhaid iddo fe wneud rhyw dric hud.

Fe feddyliodd ei dad yn galed am funud.

Betysen oedd enw neidr anwes goch y bachgen drws nesaf.

Gyda chryn drafferth llwyddodd Dai i
ddodi Pero'r neidr dan glo yn y car.
Pan ddaeth yn ôl fe glywodd lawer o
chwerthin a gweiddi yn dod o'r
ystafell fyw.

Fe aeth i weld beth oedd yn digwydd.
Roedd ei dad wedi dechrau gwneud
ychydig o driciau hud . . .

. . . a dim y triciau arferol oedd y rhain.

Roedd Dai yn falch nad oedd ei dad wedi dechrau llifio Mrs Posh yn ei hanner eto.

Yna cafodd Dai gip ar Meirion mas
yn yr ardd.

Aeth Dai i ymuno ag e.

Yna, fe gofiodd Dai mai ei dad oedd
wedi lapio'r anrheg.

Yn amlwg, roedd Dad wedi
defnyddio'i eiriau swyn . . .

ac wedi gwneud camgymeriad fel arfer.

Fe ddaeth mam Meirion mas i'r ardd.
Roedd hi'n edrych braidd yn syfrdan.

Yna fe ddechreuodd crys Dai geisio
saethu lan a hedfan eto ac roedd
hynny'n ormod iddi.

Felly, dyma pawb yn helpu eu hunain i'r bwyd a sylwodd neb ar y deisen oedd ar ei hanner.

PENNOD 5

Erbyn i Dai a'i dad gyrraedd gartref,
roedd y ddewiniaeth, yr hud a'r
geiriau swyn wedi colli'u heffaith.

Fe fydd Meirion
druan yn cael
tipyn o sioc.

Erbyn hyn, roedd Pero'n dechrau dod
ato'i hun.

Roedd mam Dai wedi cyrraedd gartref yn barod.

Roedd Dai yn falch nad oedd bywyd byth yn ddiflas gyda thad oedd yn ddewin mor anobeithiol.